쾌유를   빕니다.

이두온

돈 안 쓰면 죽는 병

wefic

돈 안 쓰면 죽는 병

이두온

위즈덤하우스

차례

늦은 낮, 약속 장소인 초등학교 앞에는 반무테 안경을 쓴 하얗고 긴 남자가 서 있었다. 그는 어쩐지 일전에 다녔던 회사의 신입 사원을 닮았다. 팀장이 "저놈은 쓸모가 없어" 하고 혀를 차면 신입은 감전된 듯 다리를 부르르 떨곤 했는데 그 모습이 애처롭기 짝이 없었다. 반무테의 남자가 가느다란 손가락으로 허리춤을 두드리며 연신 주변을 두리번거리고 있어서, 그 침착지 못한 모습 때문에 신입이 떠오른 건지도 모른다.

어쨌거나 남자는 젠틀맨이라는 중후한
닉네임보다는 젠틀맨의 어린 비서가 더
어울릴 법한 모습이었다.

내가 다가가자 움찔 놀란 젠틀맨은
반무테를 치켜올리며 얼굴을 가렸다. 그러나
비스듬히 드러난 안경 속의 눈동자만은
잽싸게 나를 훑어 내렸다. 그의 시선이 내
정수리 언저리를 어른거렸다. 나는 쓰고
있던 벙거지를 누르며, 당신이 기다리는
사람이 나라는 의미로 고개를 끄덕였다.
그러나 젠틀맨은 그 상황을 거부하고
싶은 듯 사람이라곤 나뿐인 하굣길을 휘휘
둘러보았다. 그러다 다시 나를 보고는
혼란스러운 얼굴로 "아······" 하고 탄식했다.

캐주얼한 정장을 갖춰 입은 젠틀맨의
멀끔한 모습 때문인지 탄식 때문인지, 어쩐지
그 순간이 망한 소개팅의 첫 만남과 같다는

생각을 했다. 이쪽도 마음이 없는데 상대가 먼저 불호를 표해서 억울해진 소개팅 말이다. 백수 생활을 하며 살이 많이 찌기 했지, 아니 그보다는 정수리가…… 하고 왜인지 변명하듯 생각했다. 그러나 남자가 만나려는 사람은 내가 맞았고, 내가 만나려는 사람은 그가 맞을 것이었다.

남자의 손에는 빳빳한 하늘색 쇼핑백이 들려 있었다. 쇼핑백에는 알랑뽕따ALRANGPPONGTTA라고 큼직하게 로고가 박혔는데, 그것은 옷에 관심이 있는 20~30대 여성 사이에서 조용히 인기를 끌고 있는 브랜드였다. 내가 남자로부터 구매할 예정인 원피스 역시 알랑뽕따의 구하기 힘든 모델로, 중고 장터에 올리면 원가의 1.5배는 족히 받을 만한 상품이었다. 그런데 태그도 떼지 않은 새 옷을 표준가로 받겠다는 판매

글이 올라왔을 때 얼마나 기뻤던가. 그런
희귀 템을 어째서 그 가격에. 의구심이
들었지만 '여자친구에게 주려던 선물인데
헤어지는 바람에 어쩔 수 없이 내놓습니다.
급처 원합니다'라는 말에 나는 이별 만세,
중얼거리며 황급히 물건을 낚았더랬다. 그건
중고 마켓에 살다시피 하는 사람만이 누릴
수 있는 특권이기도 했다. 나는 손가락으로
쇼핑백을 가리키며 물었다.

　"당근이신가요?"

　못 들은 걸까. 젠틀맨은 대답하지 않고
다시 주변을 둘러보았다. 몸을 돌리는
그로부터 짙은 향수 냄새가 풍겼다. 식물
같은 생김새와 어울리지 않는 과한 향이었다.
회사에 다닐 당시, 체취가 강했던 남자 직원과
결혼 정보 회사에 가입되어 있던 팀장이
그 향수로 샤워를 해댄 탓에 모를 수 없는

냄새이기도 했다. 그것은 강한 남성에게서
분비되는 알파 페로몬과 흡사한 향이라서
이성을 유혹한다는 홍보 문구로 퍽 흥했던
향수였다. 하지만 모든 게 사기다. 페로몬을
감지하는 인간의 능력은 퇴화된 지 오래다.
그러나 그런 문구라도 활용해서 광고를
하면 다행이었다. 요즘처럼 상품의 무쓸모와
무용함을 강조하던 시기가 있었던가.
젠틀맨은 주어진 현실에 저항하듯 살집이
있는 내 몸을 힐끔대며 말했다.

　　"사이즈가, 이건 44인데……."

　　갑작스러운 치수 언급에 나는 다급히
대답했다.

　　"동생, 동생을 주려고요. 동생이
44 사이즈거든요."

　　평생 동생을 가져본 일은 없다. 44 역시
성인이 된 이래 입어본 적 없는 사이즈였다.

하지만 쇼핑 중독이라고 하는 것은 존재하지
않는 나와 존재하지 않을 미래를 하염없이
그리고 상상하게 만들었다. 상상 속의 나는
어쩌면 44 사이즈의 옷을 입을 수도 있다.
그뿐이겠나. 공상 속의 나는 볕이 잘 드는
카페에서 알랑뽕따 원피스를 낙낙히(특히
배 부분이 그렇다) 걸치고 앉아 그 옷을 대체
어디서 구했느냐는 친구들의 질문 세례에
"글쎄 내 말 좀 들어봐" 하고 호들갑을 떨고
있다. 아 저걸 갖지 않으면 병이 날 것 같아,
쓸모없고 가치 없는 인간이 될 것만 같아.
나는 심장이 조이듯 아파오는 걸 느끼며
하늘색 쇼핑백을 응시했다. 그런데 어째서
내가 이 남자에게 동생 운운하며 변명을 해야
한단 말인가. 나처럼 원피스를 원하는 사람이
어디 있다고. 그때 남자가 머뭇거리며 말했다.

"저 그런데 음…… 제가 물건을 너무

싼값에 내놓은 것 같아요."

이번에는 내가 탄식을 내뱉었다.

괘씸하지만 일리 있는 말이었다 원피스는
그렇듯 쉽게 얻을 수 있는 물건이 아니다.
나는 간절하게 고개를 휘저으며 말했다.

"저는 여기 오기 위해 30분을
걸었어요……."

젠틀맨은 시선을 내리깐 채 내 항변을
무시했다. 나는 충격으로 혼미해지려는
정신을 부여잡으며 물었다.

"얼마를 원하시는데요."

젠틀맨은 "아, 얼마……" 하고 한숨 섞인
신음을 내뱉으며 허공을 바라보았다. 나도
허공을 바라보았다. 이 녀석은 어쩌자고
이러는 걸까. 당근이 처음인 걸까. 다급한
마음에 판매자 정보도 제대로 살피지 않고
이곳에 왔지만 그래선 안 되었던 건지도

모른다. 그때였다. 허공을 바라보며 계속
"얼마······" 하고 중얼거리던 젠틀맨이 돌연
달리기 시작했다. 황망히 서 있던 나도
달렸다. 어째서? 남자가 들어간 갈림길이
막힌 골목이라는 사실을 알고 있던 탓이다.
아니 알랑뽕따 원피스를 갖고 싶었던 탓이다.
쓸모를 논하자면 무용하기 그지없는 그
물건을.

　　직거래 황당 후기를 많이 보았지만,
판매자가 담을 타고 달아나려 했다는
이야기를 들은 일은 없었다. 나는 가쁜
숨을 몰아쉬며 담과 사투 중인 젠틀맨을
바라보았다. 담벼락을 잡기 위해 허우적대던
그는 숫제 껑충대기 시작했다. 그러다
담벼락에 가슴을 박고는 홀로 나자빠지고
말았다. 괜찮은 건가. 다 큰 성인이

엉덩방아를 찧고 뒹구는 모습을 보고 있자니 기분이 이상했다. 어쩐지 봐선 안 될 걸 본 것 같고, 도망치는 사람을 쫓아온 내가 부끄럽기도 하고, 모르겠다. 거절 못하고 달아나는 모습이 바보 같아도 물건을 넘기는 건 파는 사람의 마음, 저렇게까지 하는 데는 별수 없다. 뒤늦게 수치심을 느낀 내가 골목을 벗어나려는데 비틀거리며 일어난 젠틀맨이 몸을 돌렸다. 그는 망신을 당했다고 생각한 듯 적의에 찬 얼굴로 외쳤다.

"너한테 이 옷이 어울릴 거라고 생각하냐!"

돌아가려던 나도 울컥해서 대답했다.

"안 어울릴 건 뭐냐."

"대머리 환자 주제에!"

젠틀맨의 야비한 발언에 주머니 속 총을 꺼낼까 망설이는데(농담이다), 녀석의 시선이

내 정수리에 꽂힌 걸 깨달았다. 어쩐지
머리가 허전했다. 머리꼭지에 다급히 손을
얹자 혹이 만져졌다. 젠틀맨을 쫓아 달릴 때
벙거지가 벗겨진 모양이었다. 나는 허옇게
드러난 정수리 위에 종기—이렇게 주먹만
한 것을 종기라고 할 수 있나 싶은 그것을
손으로 가리고 뒷걸음질 쳤다. 젠틀맨이 독이
찬 눈으로 내게 손가락질하며 하하, 웃었다.
젠틀맨이라니, 그야말로 악취미적 닉네임
아닌가. 몸을 돌렸다. 분을 참으며 달렸다.
내가 왜. 도망쳐야 하는 건 저 녀석 아니냔
말이다. 그런데 대체 내가 왜, 어째서, 어째서.

플람마Flamma, 돈 안 쓰면 죽는 병이
시작된 지 3년이 지났다. 성인을 대상으로
하는 이 병의 초기 증세는 탈모와 흡사,
얇고 부드럽게 변한 머리카락이 앞머리와

정수리부터 탈락한다는 점에서 그러한데 이를
탈모로 알고 방치했다가는 큰 화를 입게 된다.
플람마가 석 달 이내 사람들의 머리꼭지를
황무지로 만들 만큼 진행이 빠르기도
하거니와, 탈모 다음 단계, 그러니까 벗겨진
정수리에서 자라는 혹이 치명적 문제를
불러오기 때문이다. 사람마다 양상은 조금씩
다르지만, 혹은 성인 주먹에서 세 살 아이
머리 크기까지도 자란다고 했다. 무서운 것은
커질 대로 커진 혹이 그대로 폭발, 머리와
함께 터져버린다는 점이었다. 이것이 터지는
모양이 불꽃 내지는 횃불 같다고 해서 이를
뜻하는 라틴어인 플람마라는 명칭이 붙었다.
혹은 뇌에 얼기설기 뿌리내려 자라는 탓에
제거 불가능. 할 수 있는 일은 진전을 늦추는
것뿐. 걸리는 순간 죽음에 발을 담근 것이나
다름없는 불치의 질환이다.

초기 희생자들은 생활고에 시달리던 빈곤층, 거리의 노숙자, 긴축과 절약이 생활화된 외로운 노인들이었기 때문에 병의 존재는 수면 위로 잘 드러나지 않았다. 그러다 거주 인구 300명이던 브라질의 작은 마을에서 300구의 머리 터진 시체가 발견되면서 이 병의 심각성이 주목받기 시작했다. 마을은 소비 지향적 삶을 지양하고 자급자족과 화폐 없는 삶을 실천 중이던 활동가들의 공간이었다.

원인 불명, 백신 미개발, 전 세계 사람들이 플람마로 고통받고 있었다. 현재로서는 돈을 써야지만 병의 악화를 늦출 수 있다는 사실만이 밝혀진 상황이었다. 더 정확히 말하면 휴지 따위의 생필품을 쟁이는 건 별 도움이 안 된다. 식료품을 사기보다는 카페에 가서 과당 음료를 마시는 편이 낫고, 출근을 위해 교통카드를 충전하기보다는 번지점프를 예약하는 편이 병의 완화에는 훨씬 효과적이었다. 이런 이유로 플람마가 쾌락적 소비, 즉 도파민과 관련이 있는 병이 아니냐는 논의가 일었다. 그러나 소비 외의 다른 도파민 분출 상황에서는 호전 양상이 미미했기 때문에 이에 대해서도 의견이 분분했다. 그래서 누군가는 이것을 '자본주의병'이나 '돈병'이라고 불렀고, 대부분의 사람들은 '거지병'이라고 불렀다. 그것이 절약과 빈곤을 조롱하기도 하고 자조하기도 하는 직관적인 이름이었으므로.

　플람마가 위정자들과 자본가들이 퍼뜨린 병이라는 음모론이 도는 이유는 아마도 백신 개발이 늦어지고 있기 때문일 것이다. 게다가 이 끔찍한 병은 국가와 시장 관점에서 의외의 순기능을 발휘했다. 낮은 출생률과 고령화로

인한 성장 둔화를 이 질병이 역주행하고
있었다. 사람들은 생존을 위해, 혐오 어린
시선과 따돌림을 피하고자 돈을 썼다. 소처럼
일했다. 빚을 내었다. 그들의 주머니로
들어간 돈은 바로 세상으로 토해져 나왔다.
그 덕에 내수 진작, 방에 숨은 채 정부의
골머리를 썩이던 20~30대 은둔 청년들이
시장으로 쏟아졌다. 젊은이도 일하고,
은퇴했던 노인들도 일터로 돌아온다. 그들이
열심히 경쟁해준 덕에, 웬만한 불이익과
차별로는 결코 나가떨어지지 않을 잉여
노동력이 확보되었다. 세금 창고는 때아닌
호황, 게다가 복지에 대한 논의가 시작되면
보수 정당 측에서는 "지금 저 가난뱅이들이
국가 세금으로 명품관 앞에 줄을 서고
있답니다" 하고 말함으로써 사람들의 원성을
불러일으켰다. 따지고 보면 그것은 어폐가

있었다. 가난한 자들 역시 명품 뭐시기를 사야
살아남을 수 있는 게 이 병이기 때문이다.
하지만 가난한 자들이 지원금을 받아
허겁지겁 삼각 김밥을 사 먹는 대신 쇼콜라
케이크 따위를 먹을 때면 다수의 사람들이
눈살을 찌푸렸다. 저 세금 벌레들이……. 복지
축소가 연일 주장되었다.

자살률 폭증, 범죄율 수직 상승, 이렇게
가다가는 국가 경쟁력이 약화될 거란 경고가
있었지만 누가 코앞의 미래에 대해 생각이나
한다든가. 당장 살아남기도 힘든데. 근본적인
대책들은 시간이 오래 걸린다는 이유로
영원히 멸망 뒤편으로 밀쳐진다. 이런 와중에
일어나는 죽음은 별다른 호응조차 얻지
못한다. 모두가, 아니 상당수의 사람이 피로에
눌린 눈꺼풀을 끔뻑이며 생각한다. 시발, 죽는
편이 낫지…….

젠틀맨을 다시 만난 건 일주일 뒤 한적한 주택가였다. 그는 일전과 꼭 같은 정장 차림으로 여전히 알랑뽕따 쇼핑백을 들고 있었다. 다른 점이라면 젠틀맨이 밤나무가 심어진 아름다운 고택 정원을 기웃거리고 있다는 사실뿐이었다. 핸드폰 지도를 보며 걷느라 뒤늦게 그를 발견한 내가 망연자실해 멈춰 서자, 인기척에 고개를 돌렸던 그 역시 당황한 듯 입을 벌렸다. 그러다 공격이 곧 방어라는 양 다짜고짜 외치는 것이다.

　　"나를 함정에 빠뜨린 거냐!"

　　착각도 유분수. 나 역시 어떻게 된 영문인지 몰랐지만 그를 상대하고 싶지 않아 입을 다물었다. 이제는 그가 어째서 팔지도 않을 알랑뽕따를 당근에 내놓고 있는지 알기 때문이다. 젠틀맨은 내 침묵을 긍정으로 받아들인 듯 심각한 얼굴로 중얼거렸다.

"나를 만나려고 이런 짓까지 벌인 건가."

이런 망할. 사람들은 당근에서 싼값에 상품을 구매하길 원한다. 젠틀맨의 경우는 구하고자 하는 대상이 무려 이성이었다. 그러니까 알랑뽕따를 알 정도로 센스가 있고, 44 사이즈를 입을 만큼 날씬하며, 품귀인 옷을 찾아 당근을 뒤질 정도로 물욕이 강한 여성 말이다. 그 조건을 들으면 알랑뽕따 원피스에 지나치게 많은 함의를 담은 게 아닌가, 어째서 그런 조건의 여성을 원하는 건가 싶지만 젠틀맨이 직접 입 밖에 낸 말이라니 그의 어그러진 머릿속을 알 길은 없었다. 그리하여 직거래에서 만난 구매자가 마음에 들면 젠틀맨은 '깜빡하고 물건을 집에 두고 왔다, 택배로 보내주겠다'라며 상대 여성의 전화번호와 주소를 알아내 만남을 지속하려 든다고 했다. 이 모든 건 그와의

거래에 실패한 내가 씩씩대며 동네 게시판을 검색하다 알게 된 사실이었다. 그러니까 함정에 걸린 건 나였던 셈이다.

젠틀맨은 이제 대놓고 멸시의 시선을 보내고 있었다. 그에 참지 못한 내가 헤어진 여자친구가 있긴 한 거냐, 응수하려던 때였다. 우리를 내내 지켜보고 있었다는 듯 고택 문이 철컥 소리를 내며 열렸다.

"들어오세요."

작은 목소리가 인터폰을 통해 흘러나왔다.

정원에는 실하게 벌어진 밤송이들이 잔뜩 떨어져 있었다. 젠틀맨은 내게 의심 어린 시선을 보내며 애꿎은 밤송이를 발로 찼다. 알이 꽉 찬 밤 두 알이 밤송이에서 떨어져 데굴데굴 굴렀다. 유통기한이 임박한 가공식품을 주식으로 하다 보니 그처럼 신선한 과실을 보면 나도 모르게 입에 침이 고였다. 저 밤을 날로 까득까득 씹어 먹거나 쪄 먹으면 얼마나 맛있을까. 얼마나 따끈하고 포실포실할까. 알랑뽕따 따위에 돈을 쓰지 않으면 밤을 실컷 먹을 수도 있겠지. 그러나 그건 안 될 일이었다. 밤송이를 응시하며 입가를 타고 흐르는 침을 닦는데 현관문이 열렸다.

　구부정하게 서 있던 젠틀맨이 허리를 곧추세웠다. 문 사이로 보랏빛이 도는 회색 점프슈트를 입은 젊은 여자가 걸어 나왔다. 하나로 질끈 묶은 여자의 머리 위에는 정체를 알 수 없는 흰 가루가 뽀얗게 앉아 있었다. 여자가 걸음을 옮길 때마다 그것이 빛을 받아 반짝였다. 그 때문인지, 창백한 피부 때문인지 여자는 어딘가 다른 세계 사람처럼 신비로운 분위기를 풍겼다. 여자가 멈춰 서자 입을 벌린

채 그를 응시하던 젠틀맨이 떨리는 목소리로
"밤이, 밤이 참 실하네요"라고 말했다. 여자는
조용히 웃으며 "찾아오는 다람쥐들 때문에
놔두고 있어요. 원하시면 마음껏 가져가세요"
하고 대답했다. 젠틀맨이 격앙된 목소리를
누르며 "밤을 안 좋아하십니까?" 하고
물었다. 여자는 눈을 내리깔며 "글쎄요, 제가
좋아하는 게 크게 중요할까요" 하고 말끝을
흐렸다. 묘한 대답이었다. 여자는 귓불을
만지작거리며 "치트키님과 젠틀맨님이시죠?
짐작하셨겠지만 제가 불주먹입니다"라며
목례를 했다. 젠틀맨은 나를 밀치듯 앞으로
나서며 "제가 젠틀맨입니다. 나눔을 받으러
왔어요" 하고 외치듯 말했다. 내가 고막을
부여잡으며 그를 노려보자, 불주먹은 미소
지으며 우리에게 집 안으로 들어오라고
손짓했다.

어릴 적 장래 희망은 쓸모 있는 사람.
오남매 중 막내로 태어난 나는 늘 관심이
고팠는데, 애석하게도 막내가 주목받는
때는 귀염둥이가 되거나 조롱거리가 될
때뿐이었다. 열심히 그 역할을 수행해도
듣게 되는 말은 쓸모없으니 비켜, 네가 뭘
안다고 그래 등 대체로 무시당하기 일쑤다.
그러다 보니 동네에 싱크홀이라도 터지는
날에는 신이 나서 종일 그 주변을 맴돌며
"바닥에 구멍이 났어요! 오라이, 오라이,
싱크홀이 뚫렸으니 다른 쪽으로 가셔야 해요!"
외쳐댔다. 그러면 그곳을 지나던 사람들은
"고맙구나, 네 덕분에 살았어. 이름이 뭐니?"
"너처럼 훌륭한 꼬마는 처음 본다" 따위의
말을 건네곤 했다. 존재감이 약했던 나는
그 말이 주는 달콤함에 돌아버리고 말았다.
그래서 관리사무소에서 세워둔 안전 표지판을

남몰래 훔쳐놓고 인간 표지판을 자처했다.
그때 알았다. 애정과 관심을 받으려면 쓸모가
있어야 한다. 나는 기필코 쓸모 있는 사람이
되고 말겠다.

　이런 삶의 목표는 종종 혼선을 빚곤
했는데 쓸모의 의미가 상황에 따라 너무
달랐기 때문이다. 중학 시절, 학생들을
차별하고 모멸감을 주는 교사가 있었다. 반
친구들은 '저 선생은 학생을 인격적으로
대하지 않는다, 혼쭐을 내주자'라며 단체
행동을 계획했다. 그 과정에서 나는 학생들의
의지를 교사에게 선포할 선발대 중 한 명으로
뽑혔다. 기쁘지 않을 수 없었다. 친구들에게
쓸모를 인정받은 느낌이었기 때문이다.
다음 날 아침, 나는 선발대 친구들과 학교
주차장에 숨어들었다. 그리고 우리는 그곳에
들어서는 교사의 차에 날계란을 투척했다.

문제는 내가 너무 열정적으로 임한 탓에, 내 계란 하나가 차에서 내리는 선생의 이마에 맞고 터져버렸다는 점이었다. 덩치가 크고 털이 부숭부숭 난 중년의 남교사는 얼굴을 타고 흐르는 계란을 훔치며 울음을 터뜨렸다. 그는 나를 향해 "이 쓸모없는 놈! 아무짝에도 쓸모없는 놈!" 하고 절규했다. 친구들은 달아났고 교사는 굳은 채 선 나를 노려보며 외쳤다.

"꼴난 영웅이 되고 싶은 거야? 이 무쓸모의 쓰레기 같은 놈, 학생의 본분이 무엇이냐!"

그 말에 나는 충격을 받고 주저앉았다. 쓸모가 없단 말인가. 학생으로서의 쓸모는 무엇이지? 식음을 전폐하고 고민하던 나는 그 이튿날 계획되었던 단체 수업을 거부하고 홀로 교실에 남았다. 그러자 반 친구들은 내게 권력의 개라고 화를 냈다.

"네가 이러는 게 누구에게 도움이 될
거라고 생각해? 교사? 우리들? 전혀 아니니까
쓸모없는 짓 좀 그만해!"

나는 그 말에 충격을 받아
드러누워버렸다. 내 행동이 누군가에게
쓸모가 있고 누군가에게는 없다면 나는
무엇을 선택해야 하는 거지? 쓸모에 대한
사람들의 기준과 입장은 너무도 다르고 삶은
혼란의 연속이 아닌가.

성인이 되고 이런저런 일을 겪은 후로는
좀 더 큰 관점에서 쓸모를 보기로 했다. 한
사회에서 개인의 쓸모라고 하는 것은 그
의미가 비교적 명확하다. 경제적이고, 예측
가능한 인간이 되면 된다. 사대보험을 낼 수
있는 직장에 다니고, 측정 가능한 세금을
내며, 생산이 가능할 때 결혼해서 아이를

낳고, 열심히 쌓은 신용도를 이용해 상환 가능한 대출을 받을 것. 그렇게 스스로 목줄을 채운 다음 그 줄을 흔들면서 '빚 때문에라도 저는 향후 40년 동안 경제활동을 해야만 합니다!'라고 말할 수 있는 인간이 되면 된다. 한 사회의 훌륭한 구성원은 그런 식으로 묵묵히 자신의 쓸모를 입증한다. 그런 의미에서 칭찬을 바라고 자신을 드러내는 것은 꼴사나운 짓이다. 인정과 애정을 구하지 마라. 세상을 굴리는 바퀴가 되진 못해도 톱니의 쇳가루 정도 될 수 있다면 사회는 관대하게도 너의 쓸모를 용인해준다.

플람마가 발발할 당시 나는 중소 건설 회사 회계로 잦은 야근에 시달리고 있었다. "자네는 쓸모가 있군"이라고 말하던 팀장의 꼬임에 넘어가 인턴에서 정직원이 된 사례였다. 회사 생활 수년, 세 명이던 회계

직원이 나 하나로 줄었지만 "이 회사는
자네가 없으면 안 돼" 하는 말에 "아무렴요,
아무렴" 하고 개미처럼 일했다. 그러나 휴일은
고사하고 시간 외 근로 수당은 무시되기 일쑤,
괴이하게도 일을 하면 할수록 돈이 부족했다.
방세와 생활비도 문제였지만 가장 큰 복병은
출퇴근 왕복 두 시간의 만원 버스였다.
밀폐된 버스 안에서 피로와 우울을 달랠
길은 핸드폰에 고개를 처박고 쇼핑을 하는
일뿐이었다. 힘들다. 사재껴! 출근하기 싫다.
사재껴! 팀장 개객끼ㅠ, 사재껴! 진격하라,
나여. 그러다 거기에 단단히 중독되어버리고
말았다.

　　팀장이 쓸모없다고 말하던 신입 사원이
사장 아들임이 밝혀지고, 그가 "이곳은 개혁이
필요해요. 직원들 대다수가 쓸모없는 짓에
매달리고 있습니다"라며 대대적인 복수를

암시한 어느 날, 배신감과 위기의식을 느낀
나는 생각했다. 이렇듯 '쓸모'를 편의적으로
사용하는 회사에 목을 맬 이유가 있을까. 결국
세상의 가장 큰 쓸모는 돈. 앞으로는 돈에
목을 매겠다! 살짝 일그러진 결론에 도달한
나는 지독하게 절약하는 사람들이 모였다는
오픈 채팅 '거지방'에 가입했다. 엄청난 통제와
억압을 기대하고 들어간 곳이었다.

그러나 채팅창은 의외로 한산했다. 저,
오늘 또 무지성으로 돈을 썼습니다! 내가
집사도 아닌데 고양이 사료 열 포대를 사고
말았다고 말해도 사람들은 별 반응이 없었다.
채팅창에서 활동하는 몇 안 되는 자들은
패닉 상태로, 자취를 감춘 방장을 찾으며
'제발 대답 좀' 따위의 겁에 질린 말들만을
내뱉고 있었다. 내가 병에 대해 체감한 것도
그 무렵이었다. 플람마에 걸렸다는 인증샷이

올라오고 몇 차례의 부고 소식이 들려왔다.
클럽에 남아 있던 불량 회원들은 쾌락적
소비만이 우리를 구원한다고 부르짖으며
거지방을 이탈했다. 그리고 나는 그때 벼락을
맞은 듯 깨달았다. 플람마의 의미는 무엇인가.
이 병이야말로 인간의 쓸모를 명명백백히
해주고 있지 않은가. 돈을 쓰지 않는 자는
사회적으로 쓸모가 없다. 쓸모없는 자는
머리가 터져 죽는다. 그러므로 쇼핑 중독은
죄가 아니다, 돈을 쓰자. 돈을 써서 쓸모를
입증하자. 살아남는 사람이 되자. 플람마
만세!

아마도 그때가 분기점이 아니었나
싶다. 기업들은 저품질의 상품을 무작위로
찍어냈다. 내가 다니던 회사 역시 가뜩이나
열악하던 시공비에 장난질을 거듭, 이래도
무너지지 않을 거냐고 도발하는 듯한

건축물을 만들었다. 대부분의 광고는

자신들의 상품이 얼마나 쓸모없는지,

얼마나 사람들의 뒤통수를 후려치고 있는지

솔직하게 토로하기 시작했다. 그럴수록

매출이 올랐다. 그즈음 나는 퇴사를

권고받았다. 병이 시작되어 정수리 털이

빠지고 있었는데(거지방에 들어가 잠깐 정신

차린 척 굴었던 게 큰 화가 된 것이 아닌가 싶다),

그게 회사 이미지를 실추시킨다는 이유였다.

부실 공사로 악명 높은 회사 이미지를 어디

대머리 직원 따위가 실추시킬 수 있다던가.

그러나 혹을 없애지 않는 한 재취업은 요원할

터였다. 내가 짐을 싸서 떠나는 모습을 고속

승진한 신입 사원이 다리를 떨며 지켜보았다.

쓸모없다던 사람보다 쓸모없어지고 말았다.

　　나는 종일 임박 할인몰과 재고 처리

아울렛, 중고 마켓을 기웃거린다. 그리고

쌀을 사야 할 돈으로 입지도 못할 옷을 산다.
이게 살아남기 위해서인지 중독 때문인지 잘
모르겠다. 중독이 내 생존을 위태롭게 하는지,
날 살리고 있는지 모르겠다. 하지만 분명한
것은 혹 때문에 괄시당하다 죽느니, 굶어 죽는
편이 낫다는 점이다. 무쓸모가 곧 쓸모고,
소비만이 나를 살린다. 그렇게 생각하는 게
나뿐만은 아닐 것이다. 나뿐만은 아니겠지.
그래서 내게 남은 수명은 대체 얼마큼일까.
이런 생각을 하고 있으면 무언가 빛나는 것을
소유하고 싶다는 거칠고 무작위한 욕구가
치밀어 참을 수 없다.

❖

목재로 이루어진 고풍스러운 고택 내부는
가정집이라기보다는 하나의 거대한 작업실

같았다. 사다리와 작업대, 붓과 사각의
알루미늄 통, 각목과 끌이 있는 거실을
보며 머뭇대자, 불주먹은 집에 돌가루가
많으니 신발을 벗지 않는 편이 나을 거라고
일러주었다. 그 말대로 집 안엔 불주먹의
머리에 얹힌 뽀얗고 흰 가루들이 켜켜이 쌓여
있었다. 불주먹은 그곳의 유일한 가구라고
할 수 있는 소파로 우리를 안내하고는 차를
준비하기 위해 떠났다.

　　젠틀맨은 자리에 앉지 않고 신발장으로
다가가 슬쩍 그 안을 살폈다. 그러고는 집
안을 제멋대로 서성이기 시작했다. 얼굴이
붉게 상기되어 히죽이는 꼴이 퍽 위험해
보였다. 돌아온 불주먹은 젠틀맨에게 천천히
둘러보라고 말한 다음 내게 시원한 녹차를
건네며 "손님이 온 건 정말 오랜만이에요"
하고 부드럽게 웃었다. 내가 훌륭한

고택이라고 말하며 거실을 심란하게 바라보자
불주먹은 고개를 끄덕이며 대답했다.

"부모님 집이에요. 근래 두 분이
돌아가시고 유품을 정리하고 나니 혼자
지내기에는 집이 지나치게 넓다는 생각이
들더군요. 오랫동안 쉬었던 작업을 하고
싶기도 하고, 그래서 집을 이 꼴로 만들고
말았어요."

강도 체크라도 하는 건지 벽에 붙어
그것을 두드리던 젠틀맨이 물었다.

"부모님을 동시에 잃으신 건가요?"

"예, 두 분 다 플람마였어요."

이렇게 좋은 집에 사는 사람들도 플람마
때문에 죽는다니, 이해가 되지 않아 고개를
갸웃거리자 불주먹이 내 생각을 읽은 듯
덧붙였다.

"부모님은 지독한 자린고비셨거든요.

돈을 절약할 줄만 알지 쓸 줄은 모르던
분들이라서……."

불주먹의 쓸쓸한 얼굴에 나는 벙거지를
만지작거리며 대답했다.

"저는 돈을 쓸 줄만 아는데도 플람마에
걸린걸요. 힘드셨겠네요."

"그렇게 돈을 아끼려고만 들면 머리가
터져버릴 거라고 말씀드려도 도통 들을
생각을 하지 않으셨어요. 힘든 건 그런
부분이었죠. 부모님은 사람을 쓰실 분들이
아니라 제가 간병을 하긴 했지만, 어쩌면
저 역시 부모님의 죽음에 일조한 건지도
몰라요. 제가 없었더라면 부모님이 소비
습관을 그대로 유지할 수 없었을 테니 더 오래
사셨을지도 모르죠."

어떻게 대답해야 할지 몰라 허공을
바라보는데 불주먹이 담담하게 웃으며

말했다.

"앉아 계신 소파도 부모님이 아끼시던
물건이에요. 어떤 가난뱅이가 좋은 소파를
헐값에 내놓았다고 웃으시던 두 분의 모습이
선하네요. 부모님 물건은 그것 하나 남았어요.
떠나기 전에 소파도 나눔할 생각이니까
원하면 말씀하세요."

불주먹은 천장을 올려다보며 부모님의
머리가 터질 때 피가 저기까지 튀어서
닦아내기 힘들었다고 중얼거렸다. 어느샌가
소파 뒤에 선 채로 불주먹의 이야기에 유심히
귀를 기울이던 젠틀맨이 불쑥 물었다.

"떠난다고요?"

"이 집을 남동생이 물려받았거든요.
조만간 동생 내외가 들어와 살 예정이에요.
저는 그 전까지만 이곳을 작업실로
사용하기로 허락받았죠."

젠틀맨이 집요하게 물었다.

"이사를 가십니까? 다른 물려받은 집이
있으신가요? 어디로 가십니까?"

"아니요, 저는 아무것도…… 차차
알아봐야죠. 지금으로서는……."

불주먹의 눈동자가 순간 초점을 잃은 듯
흐려졌다. 젠틀맨이 뒤에서 "쳇, 거지잖아"
하고 작게 혀를 찼다. 호감을 품은 여성이지만
계산을 멈추지는 않는다. 과연 플람마 시대에
걸맞은 훌륭한 정신머리였다. 불주먹은
젠틀맨의 말을 듣지 못한 듯 홀로 생각에 잠겨
찻잔을 만지작거리다 입을 열었다.

"제가 두 분께 연락을 드린 이유는
여러분이 거의 동시에 말을 걸어주시기도
했고, 두 분을 뵙지 않고 선택을 한다는
건 제게 너무 아쉬운 일이었어요. 그래서
물건을 보여드리고, 어느 분께 나눔을 할지

대화해보는 편이 낫지 않은가, 생각한 거죠.
실례가 안 된다면요. 채팅으로 말씀드리는
건 오해의 소지가 있을 것 같아서 만나서
말씀드리고 싶다고 이야기한 거예요."

　　나는 떨떠름하게 고개를 끄덕였다. 나눔
신청을 한 건 맞다. 불주먹은 당근에서도 상태
좋은 물건을 나누기로 유명해서 그의 나눔
글에는 보통 수십에서 수백 명이 달려든다.
나는 그때마다 실패한 전적이 있기 때문에
불주먹의 게시 글을 보자마자 채팅을 걸었다.
그러나 불주먹의 위용에도 이번 나눔만큼은
지원자가 둘뿐, 그중 하나인 나는 다른
목적을 가지고 이곳에 왔다. 젠틀맨 역시
물건을 원해서 여기 온 건 아닐 터였다.
불순한 오해일 수 있겠으나, 불주먹의 거래
후기에 나눔을 받으러 갔다가 뜻밖의 미인을
만났다는 내용이 유독 많던 걸 기억하고

있었다.

　　망설이던 불주먹은 가늘게 떨리는
손으로 테라스 앞 블라인드를 걷었다. 물건이
드러났다. 그것을 본 나는 뒷걸음질 치려다
젠틀맨이 이미 그러고 있는 걸 보고 걸음을
멈췄다. 사진으로 물건의 일부를 보긴 했지만
그건 내 짐작보다 훨씬 컸다. 그러나 물건이
크다는 사실은 그것이 가진 문제의 사소한
부분에 지나지 않았는데, 그러니까 내 키의 두
배는 될 것 같은 벌거벗은 석고상은 뭐라고
해야 할까. 턱수염이 무성하고 유방도 있으며
성기도 두 개인 모습으로 활짝 웃고 있었는데,
굳이 닮은 것을 찾자면 켄터키 프라이드치킨
할아버지 조각상을 닮았다. 인상적인 것은
그 인자한 얼굴의 반쪽이 터져서 날아간
모양을 하고 있다는 점이었다. 조각을 모르는

내 눈에도 석고상의 세공은 섬세하기 짝이
없어서 보고 싶지 않은 것에 돋보기를 들이댄
듯한, 어쩐지 그만, 그만요. 제가 잘못했어요,
하고 외치고 싶어지는 작품이었다. 켄터키
씨가 벌거벗고 있는 걸, 아니 그의 머리통이
날아가는 모습을 보고 싶어 할 사람은 드물지
않을까. 석고상은 내가 원했던 물건이지만
모르겠다. 여태 내가 본 상품 중 최고로
괴이했고 제일로 쓸모없어 보였다. 내가
입술을 만지작거리며 고개를 떨구자 눈을
반짝이던 불주먹은 조금 낙심한 듯, 그러나
놀랍지 않다는 태도로 끄덕이며 말했다.

"부모님이 플람마로 돌아가시던 때를
형상화한 거예요. 턱에는 남동생을 담았죠."

그리고 작품을 해설하듯 평온한 어조로
부모님이 조각하는 걸 내내 반대하셨다고
말했다. 그래서 스스로 학비를 벌어 전공을

마치고 유학을 앞두고 있었는데, 플람마가
터져버린 거라고. 불주먹은 테라스 창문을
열고 석고상을 쓸쓸하게 바라보며 말했다.

"부모님은 돌아가실 때 아들보다
딸이 좋다고 말씀하셨어요. 아들은 돈을
가져다 쓰는 존재지만 저는 아껴주는
존재였으니까요. 그렇게 모든 게 끝이었죠.
플람마는 부모님을 데려갔을 뿐 아니라 저
같은 아마추어 예술가들의 목줄을 완전히
끊어버렸어요. 그럼에도 이걸 만들지 않을
수 없었어요. 사실은 부모님께 말하고
싶었던 건지도 모르죠. 이 자린고비들,
그렇게 떠날 거면서 뭘 그리 아꼈던 거냐.
봐라, 여기 당신들이 싫어하는 돈 낭비,
시간 낭비, 공간 낭비, 에너지 낭비가 몽땅
있다. 나는 당신들이 싫어하는 낭비만으로
삶을 채우겠다. 남은 건 화뿐이었어요. 그런

이유로 부모님이 애지중지하시던 유품도 전부 나눴죠. 그리고 깨달은 거예요. 제가 이 작품을 나누고 싶어서 그동안 무료 나눔을 해왔다는 사실을요. 그런데 이걸 누구에게 주어야 할지 도통 그림이 그려지지 않았어요. 고민하다 당근에 글을 올렸지만 사람들은 똑똑해서 제 이기적이고 간악한 의도를 금세 읽어버리더군요. 그래서 두 분이 채팅을 주셨을 때 기뻤어요. 나눔을 받지 않으셔도 괜찮아요. 작품을 보인 것만으로 만족할게요."

뜻밖의 무거운 이야기였다. 이런 사연을 가진 자에게 내가 이곳에 온 이유를 이야기해도 되는 걸까. 망설이는 나와 달리 젠틀맨은 언제 당황했느냐는 듯 석고상 주변을 뱅글뱅글 돌며 그것을 위아래로 훑고 있었다. 그러다 턱에 손을 괴고 느긋하게 입을 열었다.

"이건 제가 가져가는 걸로 하죠."

불주먹이 놀란 얼굴로 젠틀맨을
바라보았다. 젠틀맨이 석고상 허리에 손을
얹으며 말했다.

"썩 훌륭하지는 않지만 나쁘지 않아요."

"아, 조각에 조예가 있으신가 봐요."

젠틀맨은 불주먹의 물음에 반무테 안경을
끌어 올리며 대답했다.

"예, 뭐……. 미술관 가는 게 취미거든요."

젠틀맨은 거들먹거리는 태도로 석고상의
이곳저곳을 만지고 들여다보며 말했다.

"대중성이 좀 부족하긴 하네요. 저한테는
그런 점이 매력적이지만요. 다만 크기가 너무
큰데…… 작품을 옮기려면 몇 번 더 여길
방문해야 할 것 같군요."

젠틀맨의 평가에 불주먹은 죄인이 된
듯 어깨를 움츠리고 "그런가요. 제가 손이

커서……" 하며 고개를 주억거렸다. 젠틀맨이 불주먹에게 다가가 어느새 번호를 묻고 있었다. 그 모습에 나도 가만히 있을 수가 없어서 급히 외쳤다.

"저도, 저도 나눔을 받고 싶습니다! 아니, 저는 이 작품을 사고 싶어요!"

불주먹은 놀란 얼굴로 나를 응시하다 씁쓸하게 웃으며 말했다.

"감사한 말씀이지만 저는 작품을 팔 생각이 없어요."

당연히 좋아하리라고 생각했다. 내가 불주먹의 거절에 당황한 틈을 타, 젠틀맨이 불주먹에게 한 발 더 다가섰다. 그리고 저 사람은 예술도 모르는 것 같으니 내보내라고 다 들리게 속삭였다. 이대로 또 당할 수는 없다. 나는 젠틀맨을 가리키며 흥분해서 외쳤다.

"이 사기꾼! 불주먹님, 저 사람은
조각상을 받기 위해 이곳에 온 게 아니에요.
저놈은 당근에 상주하는 양아치입니다.
직거래로 여자들을 만나 수작을 건다고요.
지금 불주먹님의 연락처를 묻는 건 주먹님과
개인적인 만남을 이어나가기 위한 짓이에요!
번호를 주면 시도 때도 없이 연락을 해댈
거예요. 당근 게시판에 저 사람에 대한
이야기가 아주 많다고요!"

놀란 얼굴로 내 얘기를 듣던 불주먹은
젠틀맨을 응시하며 물었다.

"이 말이 사실인가요?"

젠틀맨은 반무테를 만지작거리며
무표정한 얼굴로 대꾸했다.

"금시초문인데요. 무슨 말을 하는지
모르겠어요."

내가 입을 뻐끔거리자 불주먹은 조용히

핸드폰을 열었다. 당근 게시판을 검색하는
듯했다. 젠틀맨은 초조한 듯 혀로 입술을
훔쳤다. 지금이라도 이곳을 떠야 할지,
어떻게 해야 할지 망설이는 기색이었다.
나는 의기양양하게 그 모습을 바라보았다.
젠틀맨을 쫓아내면 마음 편히 물건을 얻을
수 있다. 불주먹에게 가진 돈이 많지 않다고
고백해야 하지만, 백수라고 이야기하면
이해해주지 않을까. 석고상을 무료 나눔하는
것보다는 돈을 받는 편이 나을 테니까. 게다가
나는 위기에 빠진 불주먹을 구하지 않았나.
핸드폰을 응시하던 불주먹은 고개를 들어
밝은 얼굴로 말했다.

  "치트키님 말씀이 맞았군요. 젠틀맨님은
천하의 몹쓸 인간인 모양이네요."

  젠틀맨의 눈썹이 치켜올라갔다. 나는
고개를 끄덕이며 진실이 드러났으니 어서

젠틀맨을 쫓아내라고 할 생각이었다. 그때
불주먹이 불쑥 말했다.

　"마음에 들어요. 젠틀맨님께 나눔을
하겠어요."

　예상치 못한 반응에 내가 입을 벌리자
불주먹이 확신하듯 고개를 끄덕였다.

　"젠틀맨님은 제 취향이 아니에요.
이런 말은 좀 그렇지만 저는 뭘 잘 알지도
못하면서 거들먹거리는 사람을 그다지
좋아하지 않거든요. 게다가 젠틀맨님을 처음
만났을 때부터 향수 냄새가 지독해서……
죄송한 말씀이지만 젠틀맨님이 제게 다가올
때마다, 아, 이분을 통째로 세탁기에 넣어서
돌려버리면 좋겠다고 생각했어요. 앞으로도
젠틀맨님이 좋아질 일은 없을 것 같아요."

　어조가 다정해서 그렇지 내용만큼은 가차
없었다. 도리어 내가 얼굴이 붉으락푸르락

변하는 젠틀맨의 눈치를 보며 말했다.

　"그게 나눔을 하는 것과 무슨 상관……."

　"성인 남녀가 만나는 목적은 번식 아닌가요. 저는 젠틀맨님과 번식을 할 마음이 없어요. 그러니까 우리의 만남은 더할 나위 없는 낭비일 거예요. 그런 점이 마음에 들어요. 제 작품은 젠틀맨님이 가져가시는 걸로 하죠."

　젠틀맨은 향수 냄새를 감추려는 듯 재킷을 당겨 몸을 감싸며 더듬더듬 말했다.

　"내 여자친구가 되는 게 쉬울 거라고 생각해? 나도 눈이 있어. 내 여자친구가 되려면 이걸 입을 수 있어야 해."

　젠틀맨이 부들거리는 손으로 쇼핑백 안의 알랑뽕따 원피스를 꺼내 들었다. 불주먹은 고개를 저었다.

　"여자친구 같은 그런 관계가 아니에요.

우리는 서로 좋아하지도 않으면서, 혹은 젠틀맨님이 혼자 저를 좋아해서 가망 없는 상태로 시간 낭비만 하는 그런 관계가 될 거예요. 젠틀맨님은 제 취향이 아니거든요."

"이 원피스가 맞지 않는 여자는 나도 만나지 않아!"

불주먹은 원피스를 받아 들었다. 그것을 꺼내 펼쳐보고 고개를 절레절레 저었다. 그러고는 작업대 위에 놓여 있던 조각용 칼로 원피스를 북북 찢어 바닥에 던졌다.

"우리 사이라고 하는 것은 선물을 받아도 이렇게 찢어서 걸레로 써버리는 관계인 거죠. 원피스 사이즈는 저한테 딱 맞지만 입지는 않을 거예요. 저는 젠틀맨님이 원하는 일을 하지 않을 거거든요. 설마 사랑이니 뭐니 그런 걸 원하는 건 아니시겠죠? 아니, 사랑에 빠지는 것도 나쁘지 않겠네요. 번식하지도

않을 남자와 사랑에 빠지는 거야말로 크나큰
낭비겠죠."

　　불주먹은 원피스를 찢던 칼을 물끄러미
바라보다 그것을 들어 올렸다. 그러고는
젠틀맨에게 다가서며 "잘 오셨어요.
나눔을 받으시겠어요?" 하고 물었다.
젠틀맨은 허옇게 질린 얼굴로 찢어진
원피스와 불주먹을 번갈아 보다 "미친년이"
중얼거리고는 휘청휘청 현관으로 걸어
나갔다. 정원을 지나서는 뛰기 시작했다.

　　집 안에는 나와 불주먹만이 남았다.
불주먹은 "패기가 없는 분이네요"라고
중얼거리며 나를 돌아보았다. 그러자
자연스럽게 칼날이 나를 향했다. 불주먹은
적의에 찬 눈으로 나를 응시하며 말했다.
　　"제 작품을 구매하길 원하신다고요."

나는 뒷걸음질 치며 목소리를 쥐어짜
대답했다.

"예, 제가 가진 돈은 보잘것없지만,
나눔보다는 돈을 받으시는 편이 낫다고
생각해요."

불주먹이 쓸쓸하고도 무서운 눈으로
웃으며 말했다.

"치트키님은 제 작품을 좋아하지 않아요.
그걸 모를 수는 없죠. 만든 사람 입장에서는
사람들의 반응에 민감해지지 않을 수
없거든요."

"그러니까…… 저 같은 서민은 예술품을
살 기회가 없는데, 당근에 이런 작품이
올라와서 좋은 기회라고 생각했어요. 처음
봐서 놀란 것뿐이지 자꾸 보다 보면……."

"그럼 그냥 나눔을 받으시면 될 텐데요."

할 말이 없었다. 번뜩이는 칼날에 나도

모르게 침을 삼키며 항변했다.

"불주먹님이야말로 어째서 돈을 받지
않으시겠다는 거죠?"

"저는, 저는 돈이 지긋지긋해요."

그건 놀라운 말이 아니다. 대다수의
사람들이 돈을 지긋지긋해한다. 너무 좋아서,
그럼에도 없어서. 하지만 돈 안 쓰면 죽는
병에 걸리는 세상에서 돈이 지긋지긋하다는
말은 위험한 의미로 읽혔다. 나는 고개를
저으며 물었다.

"플람마에 걸리고 싶은 건가요?"

죽고 싶으냐는 의미를 담은 질문이었지만
불주먹은 대꾸하지 않았다. 나는 그 침묵에
조금 화가 났다. 플람마에 걸리지 않은 자는
이 병이 주는 괴로움과 수치심을 모른다.
아무리 내가 스스로의 쓸모를 납작하고 또
납작하게 만들어 생존, 그 하나만을 목표

삼아도 나는 좀처럼 그에 도달할 수가 없다.
그리하여 스스로를 무쓸모의 쓰레기라고
자책하고, 세상에서 사라지는 게 마땅하다고
여기다가, 내가 가진 게 마치 나인 것처럼
스스로를 치장하는 데 열을 올린다. 시간을
쓴다. 식비를 긴축한다. 그러다 생각한다.
저가의 정크푸드가 나를 더 빨리 죽일까,
머리의 혹이 나를 더 빨리 죽일까. 가늠할
수 없는 상황 속에서 나를 지탱하는 말은
무쓸모가 쓸모라는 말뿐이다. 그러나 진실은,
내가 회복 불가능하다고 느낀다는 점이다.
모든 것이 시간 낭비라고 느낀다. 울컥한 나는
알게 뭐냐, 하는 심정으로 말했다.

　"불주먹님은 오만하시군요."

　"네?"

　"불주먹님이 만든 작품은 정말 쓸모가
없어요. 실물로 보니 그 쓸모없음이 더할 나위

없어서 저한테 적격이라고 생각했어요. 아무 쓸모없는 이 조각상을 돈을 주고 사면 혹이 자라는 걸 늦출 수 있지 않을까, 제 수명이 연장되지 않을까, 기대한 거죠. 저는 밥값을 아껴서 대체로 쓸모없는 물건에 돈을 쓰곤 하지만, 이건 정말이지 돈을 쓰고 싶지도 않을 정도로 쓸모가 없어 보였거든요. 아마 제 작은 방에는 들어가지도 않을 거예요. 그래서 기대하고 이곳에 온 거예요. 플람마는 정말 이상한 병이에요. 무엇을 사고, 얼마를 써야 병이 완화되는지 계측이 되지 않으니까 그저 무작정 돈을 쓰는 수밖에 없어요. 그래서 불주먹님의 나눔은 제게 큰 도움이 되지 않아요. 힘들게 만든 작품을 이렇게 취급해서 기분이 안 좋으시겠죠. 하지만 이게 제 진심이에요."

화풀이라는 건 알고 있었다. 아마도

불주먹은 자신의 작품을 소중히 여긴다.
그래서 값을 매길 수 없다. 하지만 플람마가
지배하는 세상에서 그런 식으로는 어떤
돌파구도 찾을 수 없다. 가격이 매겨지지
않는 것들은 살아남을 수 없다. 그래서
나는 나눔만을 고집하는 불주먹의 행동이
자기파괴적이라고 느낀다. 하지만 불주먹이
그 사실을 모를까. 돌파구가 없다고, 회복
불가능하다고 느끼는 것은 어쩌면 나뿐만이
아니다. 불주먹은 그 절망을 석고상으로
돌파하고 싶었던 건지도 모른다. 그런데 나는
어째서 불주먹의 작품에 열광할 수 없는
걸까. 왜 그것에 매료될 수 없을까. 석고상을
받아들이는 불주먹과 나 사이에는 메울 수
없는 간극이 있었다. 불주먹은 들고 있던
조각용 칼을 바닥에 떨궜다. 우리는 절망에 찬
눈으로 서로를 마주 보았다.

대화에 집중하느라 젠틀맨이 정원에 다시 들어온 사실을 몰랐다. 우리가 그를 알아챘을 때 젠틀맨은 이미 테라스 외벽을 넘어 석고상의 어깨까지 기어오른 후였다. 그의 손에는 어디서 구한 건지 모를 작은 톱이 들려 있었다. 젠틀맨은 내 혹을 보고 태세를 전환했던 때처럼 한껏 야비해진 얼굴로 석고상 목에 톱을 가져다 대며 외쳤다.

"이대로 갈 순 없어. 돈 가져와. 원피스의 열 배가 되는 돈을 가져오지 않으면 이 석상은 무사하지 못할 줄 알아!"

불주먹이 피로한 얼굴로 그를 바라보며 말했다.

"내려오세요, 위험해요."

"이제 와서 다정한 척하지 마! 어째서 나랑은 번식하지 않겠다는 거야?"

"젠틀맨님은 제 취향이 아닐뿐더러……."

"취향 타령하지 마. 여자들이 좋아한다는 향수를 뿌리고, 여자들이 좋아한다는 옷도 입었어. 취향 좀 맞춰준다고 이쪽을 가마니로 알지? 이 쓰임도 다하지 못하고 늙어가는 년들! 언제까지 취향 운운할 수 있을 거라고 생각해? 낭비만이 우리를 살게 하는 세상이 됐어, 너도 동의했잖아. 그런데 왜 나랑은 번식이 안 되느냐 말이야!"

"번식이라는 동물의 목적을 내다 버리겠다는 거예요."

"아니. 인류는 진화적으로 엄청난 변혁을 맞게 될 거야. 지방을 잘 축적하는 유전자가 살아남은 것처럼, 쾌락적 소비에 취약한 유전자가 살아남아서 후손을 남기게 될 거야. 이전과는 다른 세상이 올 거야. 우리는 완벽한 짝이 될 수 있어. 너는 낭비하겠다고 했지, 사치하겠다고 했잖아! 네가 내 좋은 짝인 걸

왜 몰라, 왜 모르냔 말이야!"

"그만하세요."

"타협해! 나는 타협했어. 그리고 인정해!
우리가 번식해야 한다는 걸 인정해."

"못 들어주겠군요."

"인정하지 않으면 이놈의 목을 자를 줄
알아라!"

불주먹은 석상으로 다가가서 그것을
그대로 밀어버렸다. 석고상이 테라스 난간을
부수고 넘어갔다. 1층이었지만 석고상에
매달려 있던 젠틀맨은 추락의 충격에 기절한
듯했다. 나는 입을 벌리고 산산조각 난
석고상의 어깨와 머리를 바라보았다. 내
옆으로 와 그것을 한참 내려다보던 불주먹이
입을 열었다.

"제 작품이 쓸모없다고 하셨죠. 이게

당신의 수명을 연장할 수 있다면 없던 쓸모가
생기는 거겠네요. 이걸 사세요."

나는 불주먹을 바라보다 고개를 끄덕였다.

석고상은 머리를 잃었음에도 6평인
내 원룸에 들여놓을 수 없을 정도로 컸다.
나는 침대를 없애고 석고상을 모로 눕힌
다음에야 그것을 방에 들일 수 있었다. 방에
들인 후에도 세울 수 없어서, 석고상은 좁은
원룸 안 정중앙을 가로지르며 누운 모양으로
자리를 잡았다. 나는 언제나 그 옆에 앉아
밥을 먹고, 혼잣말을 하고, 잠이 들었다. 잠이
오지 않는 밤이면 쇼핑을 하는 대신 석고상을
끌어안았다. 쓸고 닦았다. 텅 빈 마음을
그렇게 채우고자 했기 때문인지, 방에 다른
물건을 들이는 게 겁이 날 정도로 녀석이
컸기 때문인지 모르겠지만 점차 쇼핑 횟수가

줄었다.

　대신 그 돈을 모아, 아니 남은 돈을 털어
밤 100킬로그램을 샀다. 그것을 날로 먹고,
쪄서 먹고, 조려 먹고, 밥에 넣어 먹고, 빵으로
구워 먹고, 죽을 쒀 먹고, 먹고 먹어도 질리지
않아서 하염없이 먹었다. 그 덕에 밤으로
찐 살은 정크 푸드로 찌운 살과는 차원이
다르다는 사실을 알았다. 나는 거울 속 뽀얗고
다복하게 살이 붙은 둥근 얼굴을 들여다보며,
이게 곧 죽을 사람 얼굴이 맞는 거여? 하고
중얼거리곤 했다. 남은 밤들은 당근에서
나눔을 했다. 고작 밤일 뿐인데 그것을 받기
위해 사람들이 온갖 사연을 다 보내왔다.
애틋하고 재미있는 사연이 많았다. 그러나
가족을 팔고, 존엄을 파는 사연도 있었다.
그 사실이 슬펐다. 밤을 다 소비할 즈음이면
혹이 터지지 않을까 기대했지만, 기다리고 또

기다려도 죽음은 좀처럼 찾아오지 않았다.

지루하고 충실한 시간들이었다. 플람마에 걸리지 않은 사람이 드물었기 때문에 나는 다시 자격증을 따고 일자리를 얻었다. 택배를 운반하는 일이었다. 택배 상자는 넘쳐났고 일은 끊이지 않았다. 저축을 시작했고 이사도 몇 번 했다. 그때마다 석고상이 함께였다. 이삿짐센터 직원들은 부서진 석고상을 이고 다니는 나를 이상하게 보았지만, 세상에는 별스런 사람이 한둘이 아니기 때문에 그러려니 하는 듯했다. 그렇게 5년이 지났을 무렵 낯선 사람이 나를 찾아왔다.

그는 자신을 질병관리본부청 직원이라고 소개했다. 국세청과 연계해 플람마 백신에 대해 연구하고 있다고. 그는 내게 플람마에 걸린 시기를 물은 다음, 세금 포탈을 하는 게 아니라면 내가 여태 살아 있는 건 말이 되지 않으며 이건 기적이라고 중얼거렸다. 그리고 백신을 만드는 임상 실험에 참여해줄 것을 제안했다. 그것은 오랫동안 기다려온 순간이었지만 나는 놀라지 않았다. 마침내 쓸모의 때가 왔다고, 생각했을 뿐이다.

며칠 후, 가볍게 신변 정리를 마친 나는 석고상을 트럭에 싣고 길을 나섰다. 질병청을 피해 달렸다. 거절하면 될 걸 도망까지 치는 건 젠틀맨이나 할 법한 짓이라고 생각했지만 시간이 필요했다. 석고상의 부서진 머리와 그 몸속의 공백은 자꾸만 나를 생각하게 한다. 인간의 죽음과 나의 죽음, 나의 쓸모와 인간의 쓸모, 그리고 돈과 플람마의 쓸모에 대해서 자꾸만 생각하게 한다. 무쓸모가 곧 쓸모인 세상에서, 인류의 생존에 기여하는 일은 쓸모인가 무쓸모인가. 정리가 끝나기 전에는 돌아가지 않으리라고 생각했다.

작가의 말

이 자리에서 고백하지만 저는 소설을
구상하기 전 작은 범죄를 계획하고
있었습니다. 무슨 일이 그렇지 않겠냐마는
소설을 계속 쓰기 위해서는 돈과 시간, 그리고
건강이 필요합니다. 작가의 삶을 꾸려간다는
것은 이 조건들을 감당해낸다는 의미일 텐데,
저는 이 문제에 있어 무력감을 느낀 지 퍽
오래되었습니다. 늘 돈, 돈이 문제였어요.
돈에서 시작된 문제가 다른 조건들을
위협하고 있다는 생각을 지울 수 없었습니다.

근본적인 해결책은 책을 많이 파는 작가가

되어 이 고통을 뚫어야 하는데 그럴 길은

요원해 보였습니다.

　그리하여 생각했습니다.

　독자들께 사정을 하고 생떼를 부려볼까.

　들인 노력과 지속 가능성을 생각한다면

"책 사줘용" 하고 말하는 게 낯부끄러운 일은

아니지 않을까.

　하지만 제 정당성과는 별개로, 이런

불경기, '바쁘다 바빠 현대사회'에서 책을

산다는 것은 시간과 공간의 할애, 금전적

지출을 필요로 하는 일입니다. 누군가에게는

그것이 잠자는 시간을 줄이고 몸을 누일

공간을 토막 내며, 밥을 몇 끼 굶어야

하는 일이 아닐까. 그런 생각을 하면 좀

슬퍼졌습니다. 그러므로 소중한 독자들께

책을 사달라고 요구하느니 범죄를 저질러

창작 비용을 마련하자고 생각한 겁니다.

　범행 대상은 도서관이었습니다.

　도서관은 가난하고 책을 좋아하던 저를
언제나 안아주었으므로 이번에도 안아줄
것이다, 아니 저를 작가로 만든 8할의 책임이
도서관에 있으니 제 고난을 어느 정도는
함께 짊어져야 하는 것 아닌가. 부모에게
왜 낳았냐고 패악을 부리는 못난 자식처럼
생각했습니다.

　제 계획은 이랬어요. 도서관에 들어가 제
책을 훔치는 겁니다(없다면 신청해서 훔칩니다.
어쨌거나 훔칩니다). 대학교 때 도서관에서
아르바이트를 한 경험이 있으므로 책의
도난 방지 시스템이 바뀌지 않았다면(벌써
안이하군요), CCTV의 사각지대를 활용할 수

있다면, 책을 훔치는 건 그리 어려운 일이
아닐 겁니다. 그리고 그 도서관에 회원 가입을
해서 다시 제 책을 신청하는 거예요. 그 짓을
2회 차, 3회 차, 도서관의 재정을 거덜 내는
방식으로 거듭합니다. 횟수가 거듭될수록
덜미가 잡히리라는 생각은 하지 않고,
그보다도 책의 분실이 입증되기까지 상당한
시간이 걸리리라는 사실을 간과하고, 이렇게
하면 부자가 될 수 있겠군, 악당의 웃음을
지으며 생각했습니다.

희망에 찬 저는 전국 도서관 리스트를
뽑아 그것을 훑어보았습니다. 하지만 이내
낙담하지 않을 수 없었어요. 전국 도서관 수는
생각보다 적었습니다. 도서관 팔도유람을
한다고 하더라도 1쇄 분량을 소화하지 못할
정도로 적었어요. 책을 훔쳐 인세로 벌 돈보다
차비로 쓰일 비용이 월등하게 높으리라는

사실 역시 깨달았습니다. 마진은커녕 적자 그 자체인 범죄였던 겁니다. 이건 마치 소설 쓰기 같은 짓이잖아, 하고 가슴을 치지 않을 수 없었어요.

문제는 또 있었습니다. 훔친 책들을 어떻게 할 것인가. 장물은 조용히 처분하는 게 원칙인데, 그것을 은밀히 거래하려 할 때 사려는 사람이 있을까? 그게 가능했다면 애초에 범죄를 저지를 마음을 품지 않았겠지. 역시나 파쇄나 분서를 하는 편이 합리적인 거겠죠. 그러나 제 책을 불태우는 장면을 떠올리자니 어쩐지 큰 함정에 빠진 듯한, 스스로를 구덩이에 빠뜨려 흙까지 덮어버리는 듯한 느낌을 받았습니다. 저는 돈을 벌겠다고 자발적 분서갱유를 계획하고 있던 겁니다. 그리하여 범죄 계획을 폐기하고 다시 애송이로 돌아온 저는 돈에 관한 소설을 쓰자,

이 원한을 한 편으로 끝낼 수는 없다,《돈
안 쓰면 죽는 병》의 세계관으로 연작소설을
써서 한풀이나 하자고 홀로 다짐한 겁니다.
이 소설은 그 과정에서 만들어졌고, 아마도 제
연작의 첫 번째 이야기가 될 것 같습니다.

사실 범행의 유혹을 완전히 떨치지 못한
까닭에 여기에 모든 걸 자백하고 건강한
시민의 자리에서 소설 쓰기에 전념하려
합니다(전국에 계신 독자 여러분들이 제 범죄
크루로 참석해주신다면 그 일을 수월히 실행할
수도 있으므로 관심이 있으신 분들은 제 연락처인
010-24…… 읍읍. 대체 누가 이렇게 저만 득을 보는
범행에 참여한답니까. 다음에는 우리 모두에게
득이 되는 계획을…… 읍읍). 이기적으로 굴어서
죄송합니다. 뒤늦은 고백이지만 도서관을
사랑합니다. 전국의 사서 선생님들께도

존경을 표합니다.

　책이 나올 수 있도록 애써주신 김다인 편집자님께두 고마움을 전하고요.

　힘든 시간을 보내고 계실 창작자분들도 아주 조금만 힘을 내셨으면 좋겠는데, 아닙니다. 이런 쓸모없는 말은 그만두도록 하겠습니다.

　작가의 말을 쓰는 지금은 117년 만의 폭설이라는 첫눈이 내렸습니다. 갑자기 추워진 탓인지 지독한 몸살에 걸려서 '망해가는 지구에서 조만간 도태될 놈이 나야' 하고 투덜대기도 했습니다만, 이 당혹스러운 풍경에 깃든 아름다움에 넋을 놓지 않을 수 없었습니다. 책이 나올 즈음이면 또 어떤 날씨를 살고 있을지 가늠조차 되지 않는군요. 독자 여러분, 그저 건강하시고요. 우리 모두

이 겨울을 잘 보내고 따뜻한 봄에 만났으면
좋겠습니다. 감사합니다.

2024년 겨울

이두온

이두온 작가 인터뷰

Q. 제목이 너무 인상적이에요.《돈 안 쓰면 죽는 병》. 현대사회를 살아가는 사람이라면 한 번쯤 떠올려보았을 문장이 아닐까 싶고요. 〈작가의 말〉에서 "소설을 구상하기 전 작은 범죄를 계획하고"(67쪽) 있다고 밝히시며(너무 귀여운 범죄였지요), 그것을 계기로 돈에 관한 소설을 쓰게 되었다는 말씀을 해주셨어요. "이 원한을 한 편으로 끝낼 수는 없다"(72쪽)는 포부와 함께. 사실 '돈'이라고 하면 조금 단순하게 범죄나 스릴러 장르의, 가난한 자 혹은 부자 이야기를 먼저 떠올리게 마련일 것 같아요. 그런데 이것을 '병'과 관련해 풀어내신 것이 참신하고 매력적으로 다가옵니다. 돈과 병을 잇게 된 특별한 연유가 있을까요?

A. 부끄럽지만 이유는 단순합니다.
제가 그 병에 걸렸거든요. 저는 물욕과
무욕의 시기를 주기적으로 넘나드는 편인데
물욕기에는 이게 병이 아니고서야 이럴 수가
있나 싶게 마음이 넘실대곤 합니다.

올여름 저는 카스텔라에 미쳐 있었습니다.
카스텔라를 만들려고 베이킹을 시작했거든요.
시작할 당시에는 건강상의 이유로 위장했지만
진실은 그저 '내가 만들어 많이 먹겠다'라는
목적 하나였습니다. 그런데 카스텔라는
의외로 만들기 까다로운 빵이더군요. 무수한
실패를 거듭하며 느낀 점은 가정에서 만드는
카스텔라가 시원찮다는 사실이었습니다.
가정용 오븐과 밥솥, 찜기도 사용해보았고요,
달걀 서른 알을 곰탕용 냄비에 넣어
휘핑한 날도 있었습니다. 그러나 제가
만든 카스텔라는 아름답게 부풀어 오르지

않았고, 잘 부풀어도 문제인 게 가정용 화기 안에 들어갈 수 있는 반죽 용량에 한계가 있었어요. 그렇게 만들어진 빵이 맛있느냐 하면, 글쎄요……. 밀도가 낮달까요. 크기가 커도 먹는 것은 순식간이라(굽는 데도 시간이 퍽 오래 걸리더군요), 먹으면 먹을수록 속이 허했습니다. 그렇게 깨달은 사실은, 제가 생각하는 이상적인 카스텔라가 따로 있었다는 겁니다. 그것은 대만식 카스텔라로, 크고 장대한 나무틀에 담긴 채 업소용 오븐에서 끙차, 꺼내져 머리 위로 들어 올려지는 퍼포먼스와 함께 드넓은 작업대에 부드럽게 메쳐지는 바로 그것. 표면은 잘 구워져 먹음직스러운 갈색이 돌고 한번 톡 치면 탱실탱실 흔들리면서 김이 모락모락 나는 그것 말입니다. 재단을 통해 큼지막한 사각형으로 보기 좋게 잘린 카스텔라 한

덩이를 통째로 손에 쥐고 베어 무는 겁니다. 옆에 차가운 흰 우유가 있다면 더 좋겠죠. 하지만 그건 가정용 베이킹으로는 도저히 실현시킬 수 없는 꿈이었습니다. 그래서 업소용 오븐과 카스텔라용 큰 나무틀을 갖고 싶었어요. 큰 카스텔라를 만들고 싶어서 집에 업소용 오븐을 들이겠다니 그게 병이 아니고서야 가당키나 한 바람일까요. 하지만 몇 달 내내 오븐을 검색하며 인터넷의 바다를 유랑하고 다녔던 기억이 납니다. 종종 그런 시기가 찾아오곤 하는데, 재작년 무렵에는 뻥튀기 기계와 그것을 실을 트럭을 사서 방방곡곡을 떠도는 꿈을 꿨습니다.

소설 이야기를 물으시는데 카스텔라 타령만 했군요. 이 역시도 가을이 되면서 사그라진 꿈입니다만 그 마음만큼은 열병과도 같아서, 예 그렇습니다.

Q. 돈 안 쓰면 죽는 병인 '플람마Flamma'의 초기 증세는 탈모와 흡사하고 "탈모 다음 단계, 그러니까 벗겨진 정수리에서 자라는 혹이 치명적 문제"를 야기합니다. 더욱 무서운 건 "커질 대로 커진 혹이 그대로 폭발, 머리와 함께 터져버린다는 점"(17쪽)이에요. 불꽃처럼 펑, 터진다는 설정에서 영화 〈킹스맨〉의 한 장면(주인공 에그시가 테러 집단의 머리들을 통쾌하게 날려버리는)이 떠오르기도 합니다. 이처럼 '머리가 화산처럼 폭발한다'라는 것은 회화적으로 해석하지 않고는 쉽게 상상하기 힘들 듯한데, 플람마에 참고한 이미지 혹은 염두에 둔 시각적 연상이 있나요?

A. 병의 증상이 어떻게 발현될 것인가, 그 죽음이 어떤 모습이어야 하는가에 대해서는 크게 세 가지 정도의 생각이 있었어요.

첫째, '돈 안 쓰면 대머리 된다'라는 속설을 이미지적으로 활용하고 싶었고요.

둘째, 플람마가 병에 걸린 사람의 수치심을 자극하고 사회적 소외를 유발하는 성격의 병이었으면 좋겠다고 생각했습니다. 플람마가 지닌 대표적인 딜레마는 자본이 한정적인 사람들에게 선택을 요한다는 점입니다. 생물학적 생존을 우선시할 것이냐, 사회적 관계망을 유지하는 데 무게를 둘 것이냐. 생물학적 죽음만이 죽음을 뜻하는 것은 아니듯, 사회적 소외 역시 생존과 직결되는 문제일 겁니다. 이를 강조하기 위해서 그 증상이 사회적 관계망에 타격을 주는 형태의 어떤 것이어야 한다고 생각했습니다.

셋째, 플람마로 말미암은 죽음이 잔혹할지언정 가시적인 것이었으면 좋겠다고

생각했습니다. 머리가 터져 죽는다는 것은
파괴적일뿐더러 사후 처리도 쉽지 않습니다.
이것은 아무 일이 없었다고는 도저히 말할
수 없는, 손이 많이 가는 깔끔하지 못한
죽음입니다.

　　우리는 자주 사회적 약자의 삶이
우리의 눈앞에서 지워지고 표백되는 것을
목격하는데, 플람마와 같은 죽음은 지우려
해도 지우기 쉽지 않겠죠.

Q. 또, "이 끔찍한 병은 국가와 시장 관점에서 의외의 순기능을 발휘"(19쪽)했다며, 저출생과 고령화로 인한 성장 둔화, 은둔 청년들의 경제적 실태 등을 콕 집으셨어요. 이러한 사회에 대한 감각적 통찰은 생존 경쟁에서 도태된 이들이 사는 마을에서 벌어진 '연쇄살인 재화'를 다룬 《타오르는 마음》, 인간의 열렬한 마음과 그것을 이용하려는 집단이 만났을 때 벌어지는 각종 문제를 다룬 《러브 몬스터》 등에서도 잘 보여집니다. 평소 사회 문제의 양상이나 이슈를 민감하게 주시하는 편이신가요? 어떤 방향으로 그것들이 소설에 녹아들게 되는지 여쭙고 싶어요.

A. 그렇게 봐주셔서 감사합니다. 개인적으로는 더 사회적이어야 한다고

생각하고요. 사회 문제의 양상이나 이슈를 민감하게 주시한다기보다는 개인적인 안위에 집중해서 살 수 없는 현실을 제가 살고 있는 게 아닌가, 생각합니다.

잠만 자고 일어나도 계엄령이 터졌다가 해제되어 있는 나라에 사는데(그날 아침에 느꼈던 충격을 잊을 수가 없군요) 하루하루 급변하는 사회 이슈를 따라가려면 너무도 멀었다는 생각이 들고요. 소설에 사회 문제를 녹이려고 애쓴다기보다는 제가 느끼는 동시대적인 분노와 절망이 누군가에게는 가닿지 않겠나, 누군가는 공감하지 않겠나, 생각하며 쓰고 있습니다.

Q. '나'의 어릴 적 장래 희망은 쓸모 있는 사람이에요. 그러나 몇몇 사건을 겪으며 "애정과 관심을 받으려면 쓸모가 있어야 한다"라는 강박에서 벗어나 "쓸모의 의미가 상황에 따라 너무 달랐"(28쪽)음을 깨닫고 좌절하기도 합니다. 누군가는 이 자본주의 사회에서 돈이 곧 권력이며 쓸모라고 말하고, 또 다른 한 편에선 돈을 죄악시 여기기도 하는 것처럼요. 그러나 결국 '불주먹'의 기괴한 켄터키 프라이드치킨 할아버지 조각상도 '나'에게 와서 그 쓸모를 찾았듯이, 모든 것엔 합당한 쓰임이 있다는 생각도 들었습니다. 작가님이 생각하기에 '쓸모'란 무엇일까요? 지금 현재 작가님께 가장 쓸모 있는 것은 무엇인지도 궁금합니다.

A. 말씀대로 '쓸모'는 상황에 따라 그 의미가 달라지는 어떤 것일 겁니다. 제가 소설에서 말하고 싶었던 것은 자본주의적 가치가 '쓸모'라는 단어에 개입하면서, 그 단어가 지닌 다양성을 상실하고 경제적 위계를 지닌 단어로 변모하는 양상이었습니다. 이런 상황에서는 돈이 되는 정도에 따라 쓸모 있는 것과, 덜 쓸모 있는 것, 아주 쓸모없는 것으로 우리 삶을 둘러싼 모든 것들을 재단해야 할 거예요. 그 가치 판단에 따라 우리는 '쓸모'라는 단어를 우리 자신에게도 들이대야 하고요. 스스로 경제적 가치가 없다고 판단될 때 우리는 스스로에게 '쓸모가 없다' '살 이유가 없다'라는 차가운 논리를 적용하게 됩니다.

아마도 이 반대편에 서 있는 자가 불주먹일 텐데요. 그가 추구하는 가치는 돈이 되지 못합니다. 그가 만드는 예술 작품도 그렇고, 부모에게 행하는 돌봄 역시 그렇습니다. 그에게 경제적 잣대를 들이댄다면 그는 무쓸모의 쓸데없는 짓을 거듭하고 있고, 그가 추구하는 가치는 늘 평가절하당합니다. 그런 의미에서 그는 돈을 죄악시한다기보다는, 경제적 가치에 의해 평가되는 상황에 화를 내고 낙담하고 있는 게 아닌가, 생각합니다.

저 역시도 경제적 잣대로 저를 평가한다고 할 때 쓸모 있는 인간이 아니라서, 쓸모가 무엇이냐 물으시면 머리를 긁적이게 되기는 합니다. 쓸모는 말 그대로 제 상황에 따라 쓸 가치가 있는, 시시때때로 변화하는 무언가일 거예요. 다만 쓸모의 대상이 저 자신이거나, 주변의 사람들이 아니었으면 좋겠다는 바람이 있습니다.

요즘 제게 가장 쓸모 있는 것은 기후동행카드와 커피(카페인 의존도가 심한 편입니다), 가끔 먹는 팥빵입니다.

Q. 그렇게 '나'는 6평 남짓한 공간에서 머리가 날아간 조각상을 끌어안고 생밤을 아득아득 까먹던 생활을 뒤로한 채, "인류의 생존에 기여하는 일은 쓸모인가 무쓸모인가"를 생각하기 위해 떠납니다. 그것이 인류 존속의 대의를 위해 개인의 희생을 선택해야만 하는 영웅 서사의 시작을 암시하는 것처럼 느껴졌는데요. "정리가 끝나기 전에는 돌아가지 않으리라고 생각했다"(66쪽)라는 매듭으로 말미암아 독자도 그 딜레마를 함께 고민해보게 만들고요. 〈작가의 말〉에서 언급하신 연작에 대한 힌트가 될 수도 있을 것 같은데, 혹시 '나'의 생각은 정리가 되었을까요? 그는 어떤 선택을 내리게 될까요? 마지막으로 주인공에게 당부하고 싶은 말이 있다면요?

A. "정리가 끝나기 전에는 돌아가지 않"겠다고 하지만요. 인류가 사라져야 하나, 살아남아야 하나. 이것은 아마도 대답이 불가능한 물음일 거예요. 한 개인이 어떻게 그 질문에 답을 내릴 수 있으며(집단이 할 수 있는 일도 아닐 겁니다), 거기에 답을 내리는 인간은 조금(많이) 위험한 인물이리라고 생각합니다. 그럼에도 치트키에게 이 질문을 던진 이유는 그에게 유예를 주기 위해서였고요. 치트키는 석고상의 파괴된 구멍을 들여다보듯 답을 내릴 수 없는 질문을 두고 신음하게 되리라고 생각합니다. 그런 시간이 필요하지 않겠습니까. 그런 의미에서 그에게 하고 싶은 말은 없어요(웃음).

계획상으로는 연작들에서 다른 인물들을 다룰 예정이었는데요, 편집자님 말씀을 듣고 보니 치트키의 후일담이 나와도 괜찮지 않을까, 하는 생각이 듭니다.

감사합니다. 재미있는 인터뷰였습니다.

한 조각의 문학, 위픽 wefic

연여름 《2학기 한정 도서부》
서미애 《나의 여자 친구》
김원영 《우리의 클라이밍》
정지돈 《현대적이라고 말할 수 없는 죽음들》
이서수 《첫사랑이 언니에게 남긴 것》
이경희 《매듭 정리》
송경아 《무지개나래 반려동물 납골당》
현호정 《삼색도》
김 현 《고유한 형태》
이민진 《무칭》
김이환 《더 나은 인간》
안 담 《소녀는 따로 자란다》
조현아 《밥줄광대놀음》
김효인 《새로고침》
전혜진 《고르디우스의 매듭을 자르면》
김청귤 《제습기 다이어트》
최의택 《논터널링》
김유담 《스페이스 M》
전삼혜 《나름에게 가는 길》
최진영 《오로라》
이혁진 《단단하고 녹슬지 않는》
강화길 《영희와 제임스》
이문영 《루카스》
현찬양 《인현왕후의 회빙환을 위하여》
차현지 《다다른 날들》
김성중 《두더지 인간》
김서해 《라비우와 링과》
임선우 《0000》
듀 나 《바리》
한유리 《불멸의 인절미》
한정현 《사랑과 연합 0장》
위수정 《칠면조가 숨어 있어》
천희란 《작가의 말》
정보라 《창문》
이주란 《그때는》
김보영 《헤픈 것이다》
이주혜 《중국 앵무새가 있는 방》

위픽은 위즈덤하우스의 단편소설 시리즈입니다.
'단 한 편의 이야기'를 깊게 호흡하는
특별한 경험을 선사합니다.

이 작은 조각이 당신의 세세를 넓혀줄
새로운 한 조각이 되기를.
작은 조각 하나하나가 모여
당신의 이야기가 되기를.

당신의 가슴에 깊이 새겨질
한 조각의 문학, 위픽

- 78

돈 안쓰면 죽는 병

초판 1쇄 인쇄 2024년 12월 18일
초판 1쇄 발행 2025년 1월 8일

지은이 이두온
펴낸이 최순영

출판2 본부장 박태근
스토리 팀장 김소연
편집 곽선희 김다인 김해지
디자인 이세호

펴낸곳 ㈜위즈덤하우스   **출판등록** 2000년 5월 23일 제13-1071호
주소 서울특별시 마포구 양화로 19 합정오피스빌딩 17층
전화 02) 2179-5600   **홈페이지** www.wisdomhouse.co.kr

ⓒ 이두온, 2025

ISBN 979-11-7171-728-6 04810
     979-11-6812-700-5 (세트)

값 13,000원